MISTER H

Roger Harg

Rieder Bilderbücher

Hier seht ihr Kaltland. Kaltland ist ein Land in der Nähe des Nordpols.

In Kaltland ist das ganze Jahr über Winter. Wenn es nicht gerade schneit, hat es Frost, und wenn es nicht gerade Frost hat, schneit es. Könnt ihr euch vorstellen, wie kalt es dort ist?

Weil Kaltland so kalt ist, frieren alle, die dort leben, ununterbrochen.

Jemanden, der aus Kaltland kommt, erkennt man gleich an seiner roten Nase.

Und zwar haben nicht nur die Menschen in Kaltland rote Nasen. Nein, man kann dort auch rotnasige Hunde hinter rotnasigen Katzen herjagen sehen, die wiederum rotnasige Mäuse fangen.

In Kaltland gibt es sogar rotnasige Elefanten!

Und das Geräusch, das man in Kaltland am häufigsten hört, klingt so:

HATSCHI!

Das Nies-Geräusch ist sehr, sehr verbreitet in Kaltland.

Das ist auch nicht weiter verwunderlich, oder?

HATSCHI!

Das ist die Geschichte von Mister Hatschi, der in einem kleinen, schneebedeckten Häuschen in Zitterstadt lebte. Zitterstadt ist die Hauptstadt von Kaltland.

Jeden Morgen wachte Mister Hatschi auf, nieste, stand auf, nieste, zog sich an, nieste, ging nach unten, nieste, aß sein Frühstück, nieste und ging zur Arbeit, immer noch niesend.

„Diese ewige Nieserei geht mir schrecklich auf die Nerven!“, dachte er jeden Tag, und irgendwann beschloss er, aus Kaltland fortzugehen und Heilung für sein Niesen zu suchen.

Noch am gleichen Tag packte er alle Sachen, die er für die Reise brauchte (hauptsächlich Taschentücher), nieste, schloss seine Haustür ab, nieste nochmals und brach auf.

Er wanderte und nieste und nieste und wanderte, den ganzen Weg durch Kaltland hindurch nieste er und wanderte und wanderte und nieste, tagelang, bis Kaltland endlich hinter ihm lag.

Als er schließlich ein gutes Stück von Kaltland entfernt war, fiel ihm auf, dass fast kein Schnee mehr lag. Und als er weit genug weg war, gab es überhaupt keinen Schnee mehr.

Beim Weitergehen bemerkte er noch etwas:
Er musste nicht mehr bei jedem Schritt niesen.
Er konnte einfach ganz normal gehen. Nur gehen!
Ohne niesen!

Zum ersten Mal in seinem Leben brauchte er nicht mehr zu niesen.

Überhaupt nicht. Kein bisschen. Nicht einmal ein winziges „-tschi“.

„Es wundert mich, dass ich gar nicht mehr niesen muss …“, dachte er bei sich.

Offensichtlich hatte er diesen Gedanken laut ausgesprochen, denn plötzlich hörte er eine Stimme hinter sich sagen: „Du musst nicht mehr niesen, weil du nicht mehr erkältet bist.“

Mister Hatschi erschrak und drehte sich um. Hinter ihm stand ein weiser alter Zauberer.

„Was ist eine Erkältung?“, fragte Mister Hatschi.

„Eine Erkältung bekommst du, wenn dir zu kalt wird“, sagte der weise alte Zauberer mit sehr weiser Stimme.

„Aha“, erwiderte Mister Hatschi. „Aber ich komme aus Kaltland und da ist es allen Leuten zu kalt, und zwar ununterbrochen!“

„Unsinn!“, grunzte der Zauberer. „Das kann gar nicht sein, dass es ununterbrochen allen Leuten zu kalt ist. Es gibt ja schließlich die Sonne!“ Und er zeigte hinauf zur Sonne, die vom Himmel lachte.

„Aber in Kaltland haben wir keine Sonne!“, entgegnete Mister Hatschi.

„Keine Sonne?!“, rief der Zauberer. „Das ist allerdings extrem ungewöhnlich. Da müssen wir schleunigst etwas unternehmen, nicht wahr?“

„Ja, schon“, pflichtete Mister Hatschi bei, ohne wirklich zu verstehen, was der Zauberer da redete.

„Wie weit weg ist denn dieses Kaltland?“, wollte der Zauberer wissen.

„Ach, ewig weit weg!“, antwortete Mister Hatschi.

„In welche Richtung denn?“, fragte der Zauberer.

Mister Hatschi wies mit dem Arm in die Richtung, aus der er gekommen war.

„Das sollte kein Problem sein“, sagte der Zauberer, fuchtelte mit seinem Zauberstab durch die Luft und murmelte ein paar Zaubersprüche (die übrigens sofort ihre Wirkung verlieren würden, wenn man sie hier aufschriebe …).

Was immer es auch für Zaubersprüche waren –
sie funktionierten!

Bevor man auch nur „Nies-“ sagen konnte, waren der Zauberer und Mister Hatschi in Zitterstadt, das, wie ihr euch hoffentlich noch erinnert, die Hauptstadt von Kaltland ist.

Wie immer schneite es gerade.

„Oh Mann, das ist ja wirklich ein kalter, unfreundlicher Ort hier“, sagte der Zauberer.

„Hatschi!“, erwiderte Mister Hatschi, der sofort wieder zu niesen angefangen hatte.

„Kaltland braucht ganz dringend ein wenig Sonne!“, rief der Zauberer. „Und dazu muss ich jetzt einen ganz besonderen Spezialzauber anwenden.“

„Bitte beeil dich!“, sagte Mister Hatschi. Er sah schon fast wie ein Schneemann aus.

„Also, das geht folgendermaßen“, sagte der Zauberer, der ihn überhaupt nicht beachtete:

„Ich sage jetzt einige Zaubersprüche und dann musst du unmittelbar danach niesen. Und zwar genau dreimal!“

Der weise alte Zauberer hielt den Zauberstab hoch und murmelte mehrere Zaubersprüche (die wir hier wieder nicht verraten dürfen).

„Hatschi! Hatschi! Hatschi!“, machte Mister Hatschi.

Und dann kam, ganz plötzlich, wie durch Zauberei (und das war es ja auch), hinter den schwarzen Wolken die Sonne zum Vorschein.

Und es hörte auf zu schneien.

„Ich denke, das war´s“, sagte der Zauberer. „Mit dem Niesen müsste jetzt Schluss sein.“

Dann murmelte er wieder ein paar Zaubersprüche und verschwand. Ohne sich zu verabschieden.

Mister Hatschi stand da, genoss die Sonne und schaute zu, wie der Schnee schmolz.

Von da an schien die Sonne jeden Tag und Kaltland hat sich sehr verändert!

Man sieht jetzt keine rotnasigen Hunde mehr, die rotnasige Katzen beim Jagen rotnasiger Mäuse verfolgen.

Und nur noch ganz selten hört man jemanden niesen.

Nicht einmal Mister Hatschi muss mehr niesen!

Und das ist nicht die einzige Veränderung bei Mister Hatschi. Neulich, als er in den Spiegel sah, hat er noch etwas entdeckt.

Könnt ihr sehen, was jetzt anders ist an ihm?

Das Gleiche ist ihm früher schon mal passiert.

Findet ihr die Seite, wo das war?